歌集

秋の助動詞

山田恵里
Yamada Eri

六花書林

秋の助動詞　＊　目次

装幀　真田幸治

山田恵里歌集

秋の助動詞

栞

働くこと、生きること、表すこと　梶原さい子

キッチン磨く母というもの　大松達知

六花書林

働くこと、生きること、表すこと

梶原さい子

我ながらほれぼれするほど響くこえ隣の校舎の生徒を叱る

一番のやんちゃ坊主の担任を外れて少しつまらない　春

近頃、こんな真っ直ぐな教師の歌があっただろうか。日常の中で鍛え上げられた声はよく通り、生徒の元へびしりと届く。その時、叱ることへのためらいはない。また、生徒と向き合うことを何よりの喜びとする身には、やんちゃ坊主に手を掛けられなくなることが物足りない。一字空け後の、宙ぶらりんの「春」がそんな心を体現する。

プリントを出せない理由は殴られて血がついたから、鬱の養父に

試合前ノックの締めはキャッチャーに　球は光に呑まれまた生《あ》る

学校の様相は多岐にわたる。プリントの提出というごく日常的な活動の奥にも、壮絶な家庭状況がある。ノックの歌は美しい。下句は、光の中をよぎる球の軌跡の優れた描写でありながら、青春というものを象徴しているようだ。

放課後のトランペットが藍色に響き校舎は十月に入る

教室の窓よりうろこ雲ながめふりむけばしばし暗む生徒ら

すぎゆきを振り返らせるもみじ葉は過去推量の秋の助動詞

学校には学校の情感がある。それは、過ぎてゆく時をとどめかねるせつなさを根底とするものだ。生徒達は一度きりの季節を輝かせて去って行く、確実に。学校という場に長く身を置く人には、それがよくわかっている。過去推量「けむ」は決して戻らない時間を推し量る。あの時、こうだったのではないか、こうできたのではないかと。「過去」ではない、「過去推量」というところに、慮りの深さが表れている。

一方、家族の歌にも心を惹かれた。

子を抱くは子につかまりているごとし「子のいる我」に守られている

「お母さん」と母に呼ばれぬ「お母さん」と母を呼べなくなった私が

子と自分、母と自分が逆転している。家族の歌における「我」の像は、ためらわず生徒に向かうそれとはひといろ違う。自分の役割は絶対的なものではないという認識。それは、

人生は初めてでない気がしつつ一個のりんごを五人に分けて
子のひざを枕に眠る　前世には我がこの子でこの子が母で

このような、直感的に掴まれた遥かな感覚に基づく。家族詠には、作者の人生観が色濃く投影されている。

また、

真夜中にシャツ干しおればオリオンも干さるるごとしピンと張られて
焼酎の海から外を眺めれば覗いて揺するおばさんがいる
寝つかれぬ夜はまなこが耳の奥深きへ沈む　潮騒ひびく

こういう小気味良さや、ユーモア、鮮明な身体性も作者の持ち味だ。

一首一首が明快である。そして、読み進めながら不思議に力づけられてゆく。それは、言葉というもの、表現というものを信じて組み合おうとする、しなやかで果敢な心が響いてくるからだ。

もとより、詠われる対象が明快なのではない。日々出会うものは、複雑で、割り切れず、おぼろで、はかなくもある。けれど、思い惑っていても仕方がない。どうせなら明るく、面白がりながら。

働くこと、生きること、表すこと。そのひたむきさに圧倒される。

キッチン磨く母というもの

大松達知

人は場面によっていくつもの役割を生きながらも、やっぱり一人なんだなと思う。

しずり雪受けし生徒の髪拭けば「お母さんみたい」と言われてしまう

我が腕に絡まる生徒を知恵の輪のごとく外せりおしゃべりしつつ

子を抱くは子につかまりているごとし「子のいる我」に守られている

「十八年」私のそばにいた娘「たった」と付けたり外してみたり

山田さんは愛知県の高校の国語教員。三人の娘の母。生徒に対してもついつい母性を発揮してしまう。けれど、絡めてくる腕は外す冷静さはある。三首目には、その母性への自覚が潔く表出されている。四首目は歌集終盤の歌。娘さんたちが就職して家を離れる。人生という長いスパンを思いながらの感慨。軽やかにとらえることで、読者はかえってその重さに気づく。

山田さんの歌は、さまざまな感情を知性のフィルターを通して整理してゆくようだ。オトナの歌の印象があるのは、四十代で歌を始めてからの第一歌集だからかもしれない。しかし、そのフィルターは理知的・客観的すぎることはない。ユーモアを利かせながら、すっきりと読者に届くように工夫されている。山田さんは、よく落語を聴きに行ったり、アイスショーを見に行ってるらしい。それらは、構成力や音楽性、あるいは人情を理解する心など、短歌作品との共通点があるようにも思う。

一般的に、人物を描くと、厳しい現実はドラマチックになり過ぎ、幸せな場面は甘くなり過ぎる。しかし、この歌集の場合、人に寄り添いながらも、人を見つめる視線には適度な距離感があるのがいい。

無免許でバイクに乗って髪染めてそれでも退学したくない彼

「工場はヤだから就職しない」子を工場を知らぬ我が諭しぬ

ああここは直したところ女生徒の涙声にて読まれる答辞

バッテリーだけの物語のあらん「1」と「2」互いの腕に隠れる

いわゆる教育困難校で過ごした時期もあった。教員として接する生徒たちの姿を、歌人の目で捉え直す。学校という居場所を確保しようとする生徒の心情を読む。稚拙な言葉でしか自己を表現できない生徒に言葉を尽くす。冷たすぎず熱すぎず。適温にきまっている。卒業式のシーン、野球のシーン。それぞれ観察が鋭く、表現がリズミカルにうねる。こちらはやや熱い。桂枝雀は「緊張と緩和」が笑いを生むと言った。そして、山田さんの歌にもその「緊張と緩和」の巧みなバランスがある。流れに乗りながら個々の技をピタリと決めてゆくフィギュアスケーターにも喩えられるかもしれない。

「Ⅲ期からⅣ期」と言いしドクターが「やはりⅢ期」と言い直したり
取扱注意のおばさんなる我かやけに議事録褒められている

ラメ入りのペディキュアにばかり目がゆきぬ帰省の娘の話聞きつつ
子の下宿フッーにきれいな部屋なれどキッチン磨く母というもの

一首目は父の病の歌。二首目は職場の歌。ともに、言葉の機微を的確に捉えている。相手としっかりと向き合うゆえだろう。そして、その鋭さが自分に向くと、自己分析的にもなる。ただここでも適度に自己戯画化がされていて、読者に負担をかけない。「ラメ入り」の意味を深く考えてしまい、「フッーにきれい」と認識していながらも体が動いてしまう。

そんな母親像は「あるある」を超えて、個別の詩に昇華されていると思う。

ジャムを煮るのは真夜中と決めている　くつくつ闇に溶けだすわたし

良いねむり悪いねむりが打ち寄せて白いうさぎの跳ねるは良い方

亡き人が開いて閉じてまんじゅしゃげこの世が恋しい白まんじゅしゃげ

最後に、テーマに括られない歌。いくつもの顔を持ちながらもどこかで「溶けだすわたし」を探しているのかもしれない。ねむりの歌には、結句の収まりの悪さに人生の苦味を感じた。そして、祖母、父、友人をはじめとする近い死者、また遠い死者を思う気持ちも濃い。

場面やテーマのはっきりした歌が多い歌集だけれど、それだけとらわれずに、詩の紡ぎ方の妙をお読みいただければありがたい。多くの人に読まれることを願っている。

秋の助動詞

身代わり

四十番染井吉野も入学の学級写真に収まりて笑む

ガンガラと派手に蹴られしロッカーは今叱りたる我の身代わり

モヒカン刈り叱られ教室飛び出した生徒を探し月曜はじまる

暗号は解読すべし　生徒らがブンブンと言えばセブン-イレブン

悪口を言わなきゃ結束できないと訴え出たる女生徒三人《みたり》

遠足の七キロ生徒と歩く春十六歳が手をつなぎくる

前になり後ろになりて生徒らの列を見つめる「一人」はいないか

潮の香の風が引き出す学校の箱の中では聞けないはなし

「せうと」

これだけは覚えておけよサッカー部　カ行下一段動詞「蹴る」

バスケ部よ「龍」の字のヒゲは三本だ　籠球のカゴに穴をあけるな

「セカンドとサードの間」とヒント出し野球部員に読ませる「せうと」

へこんだり折れたりもする若者の心はたぶんアルミ製なり

昨夜《きぞ》親に「いつ出ていくの？」と訊かれた子「おはよう」もなく我に抱きつく

ひそやかに語る女生徒ふたりいて渡り廊下は校舎の咽喉《のみど》

我ながらほれぼれするほど響くこえ隣の校舎の生徒を叱る

歯列矯正用具のようなものつけて校舎耐震工事は進む

サルビアの赤

雨の日は水槽のごとき校舎なり昇降口に藻のにおいして

私語やめぬ生徒に話を振ってやる堪忍袋の緒を繕いて

呼び出した保護者待ちつつサルビアの疲れた赤をひとり見ている

無免許でバイクに乗って髪染めてそれでも退学したくない彼

しずり雪

二人欠け修学旅行ははじまりぬお金のない子と行きたくない子

はじめてのスキーをはいて生徒らは子鹿のように立って手を振る

しずり雪受けし生徒の髪拭けば「お母さんみたい」と言われてしまう

赤ペンで汚れし右手にお釣り受く閉店間際のスーパーのレジ

空欄にマルつけちゃった午前二時朦朧として赤ペンを置く

一番のやんちゃ坊主の担任を外れて少しつまらない　春

ふるえる生徒

登校しようとするたび吐いてしまう子の部屋を訪ねてこたつで語る

遅くまで生徒の心を聴くこの夜我が子はひとり布団にもぐる

九十分電話を切れぬ我を待ち生徒が廊下でふるえる六時

コの字型の端の席から反論をするには椅子を六十度引く

どくどくとこめかみの音聴きながら反論は筆箱にしまいぬ

「工場はヤだから就職しない」子を工場を知らぬ我が諭しぬ

「リニアルート」を「リアルニート」と読んでしまう生徒の進路なかなか決まらず

ほたほたと空がちぎれて降る朝《あした》追試の教室あたためている

卒業

明日からは来ぬ生徒らの名を呼びぬ春まだ浅き体育館に

ああここは直したところ女生徒の涙声にて読まれる答辞

「いざさらば」卒業の歌響くとき紺の制服静かにそよぐ

式終えて別れのことば述べながら目は吸われゆく空席ひとつ

椅子に乗り時計を外すもう次の誰かに渡す白い教室

入試

受験生よりも背筋の伸びており入試放送係の我は

受験生に会わぬ放送室なれど黒スーツにて「解答、はじめ」

電波時計にらんでスイッチ入れるとき「解答、やめ」の「か」のかすれたり

足もとに木瓜《ぼけ》の花鉢置かれいてスーパーの花舗暮れのこりたり

十五歳の人生

「山ちゃん」と我を呼ぶ子ら卒業し「山田先生」に戻って四月

「駆除せよ」と市民から来る苦情電話うちの生徒はゴキブリじゃない

三つ目の名字、異父妹、義兄弟　面談に知る十五《じゅうご》歳の人生

プリントを出せない理由は殴られて血がついたから、鬱の養父に

皆出席

開校以来初めてらしい二年生皆出席の修学旅行

離陸時の加速にそろって声上げる初飛行機の生徒の多し

櫂よせて笑い合う子ら湖の木陰に濡れた光をあつめ

水のつぶ光のつぶをかきわけてカヌーはすべる湖底の空を

右手上げクラーク博士のポーズ決めクラス写真は楕円の構図

七箱の「白い恋人」買い込みてやっと落ち着き道庁見る子

十二支の「未《ひつじ》」も記憶のドアとなる「先生、ラムしゃぶおいしかったね」

あたたかい雨

あたたかい雨が上がって水無月の夜の匂いが濃くなってゆく

熱の子に添い寝するとき我がからださやとなりたり空豆の莢

むらさきのアガパンサスのはなびらは風の抜け道保ちつつあり

子を抱くは子につかまりているごとし「子のいる我」に守られている

雨上がり予感ばかりがざわめけり土曜の朝のレンブラント光線

本当の孤独を知らぬ我と思う日傘の中に娘を入れて

蟬の字の四角の多さ死ののちの羽の破れを風の吹きゆく

竹のごとすんなり細い子の脚が一節伸びぬ一夏終えて

彼方より戻りましたというような匂いをまとう九月の生徒

夫の背

スキャナーで古文書読み込む夫《つま》の背にひそと寄りたる時のたましい

論文は難産なるらし眠りいる夫の眼鏡をそっと外しぬ

朝五時に寝て九時に起きクラプトン聴きつつ夫は論文を書く

秋の助動詞

いちまいの布になりたし子の展く空間図形に秋の風吹く

放課後のトランペットが藍色に響き校舎は十月に入る

蒼穹の芯より紅葉散らす手はやがて夕映え広げはじめぬ

米袋抱きつつ思う娘らをこれこのように運びいしこと

すぎゆきを振り返らせるもみじ葉は過去推量の秋の助動詞

湯を沸かすのみが仕事の薬缶にてなぜか鍋よりよく磨かれる

あじさいほどの明るさ

いくつもの口を開きて人生を呑みゆくごとし「癌」という文字

人工肛門《ストーマ》のお腹は避けて背をさするひたすらさすることしかできず

病む姑《はは》は背中をさする我に向きあじさいほどの明るさに笑む

頬よりも冷たくなりし脚を撫づベッドでいつも撫でていし脚

生の不安死の不安より大きくてハルシオンがあと二錠しかない

前世

子のひざを枕に眠る　前世には我がこの子でこの子が母で

真夜中にシャツ干しおればオリオンも干さるるごとしピンと張られて

暗闇を二本立たせて玄関に娘の白きブーツ浮きおり

我が家事のトリアージより外されて枯れしままなるシクラメンの鉢

買っても買っても米のなくなるこの今をなつかしむ日が遠からず来る

尾のあらば絡ませ歩みいる気分夫とふたり本屋を出《い》でて

かかとより日々かたくなる心こそ保湿クリーム塗らねばならぬ

時に手で黒板ぬぐった二十代チョークにきっちりカバーする今

はね、止めを呑みこんでいるゴシック体文化を滅ぼす字体にあらん

あの音は次女が階段下りる音スキップもどきを部屋に居て聞く

人生はどんどん短くなっている鉛筆よ言いのこすことはないか

雲がもう平らになってきています　つゆくさ色の空のつぶやき

父

パソコンの画面にうつるもくもくと盛り上がりたる父の内側

「Ⅲ期からⅣ期」と言いしドクターが「やはりⅢ期」と言い直したり

混み合える待合室のうしろより目じりをぬぐう父見てしまう

南側壁いっぱいのガラス窓けれどほおづえつく場所がない

病室にカーテン四枚まるく垂れ繭のごとくにベッドをつつむ

相対性理論の本を病室に持ちこみし父　涎たらし寝る

金色を樹下に広げし銀杏《いちょう》の木過去に照らされ幹はかがやく

かしぎつつそれでもベッドに正座せり仕事帰りに父を見舞えば

病室の窓は端まで広がりぬ外を見るしかないひとのため

ある朝

挨拶もなしに逝きたりある朝《あした》父は固くて父は固くて

まっさらな祭壇まっさらな柩死はいつだってまっさらだから

「お父さん、起きてご飯を食べなきゃ」と母が言うなり柩にむかい

ぱきぱきと壺のサイズに割られゆくましろき骨のいたみを思う

から松は寂しかりけり酔うたびに言いし父こそ寂しかりけれ

雨は葉に降るをもっとも喜ぶか傘とじて聞く森の夕立

赤味噌

オリオンを見上げ待ちいる塾のバス　ロロロロロロと子を運びくる

四季ならばそろそろ秋の家族なり長女の就職次女の上京

赤味噌を子に持たせたり東京の赤味噌は違う味の気がして

母親を思い出すこと忘れいる子の住む街の天気予報　晴れ

独り居で作れぬものは何だろう五目ご飯を炊いて子を待つ

ラメ入りのペディキュアにばかり目がゆきぬ帰省の娘の話聞きつつ

東京へ「帰る」という子と駅へ行く大きおにぎりふたつ持たせて

マンドリン

朔太郎の愛した楽器マンドリン百人でわれら合奏なしき

十八で出会いし友と十八の子供の話をしている不思議

幾星霜コーダ・マークで飛ばしても八分の六拍子の残響

感傷はクシャリと丸め見上げれば水の中から見るような月

あじさいの花の裏にはほのぐらき洞あり藍の夕ぐれの空

まだ間に合うもののいくつかあるような気がしてのばすハンドクリーム

道聞かれ易き人あり聞かれざる人あり我は後者の一人

ソウル

子の学ぶソウル大学訪れん　仁川《インチョン》空港なめらかな床

この国の空気を娘が吸っているかすかに土の匂う空港

慰安婦像の移転の合意難しとガイド高《コ》さんの日本語に聞く

教科書と布団だけなる子の部屋に灯すごと置くりんごをひとつ

バスタブのないアパートの白い部屋オンドルに子はぬくもりもらう

「おうち」とぞ子の呼ぶ部屋はコンロ無く家賃四十二万ウォン也

「親と思って頼りなさい」と言いくれし大家さんへとせんべい託す

サムゲタン、ソルロンタンと食べ続け臍下丹田に力こもれり

喋らねば韓国語にて客引きをされおり高麗人参売り場

冬の陽はあかむらさきに沈みゆく娘を置いて帰る翼に

生は偶然

死は必然　生は偶然　なかぞらに圧倒的な死者のひしめく

朝焼けにくろぐろと立つ鉄塔の日ごと左に寄りゆく気配

半月の半分の闇重たかろ皆背負いいる半身の闇

漱石の享年こえて授業する「こころ」は孤独なたましいの旅

「奥さん」の口まね流行り「よござんす差し上げましょう」と授業売るなり

僕達の未来をどうしてくれるのと問うような目に逢わなくなりぬ

赤ぎれを水絆創膏でとじてゆくチョークの粉も我が皮膚として

セーターを押し洗いする要領で生徒の不安を聞き出している

我が腕に絡まる生徒を知恵の輪のごとく外せりおしゃべりしつつ

ためらいて公務員と書く職業欄教員我を恥ずるならねど

たましいの容れ物としての我がからだ少ししわみてなじんできたる

異動

四度目の異動希望を清書せり　窓の外には空しかなくて

終業式までは笑顔を貼り付けていつもの授業いつもの掃除

誰からも祝福される転勤にうつむきて拭く黒板の溝

別れの辞述べつつ見やる　制服の間《あい》にひらめくハンカチハンカチ

あしひきの山田先生に習いたる枕詞を忘れないでね

寝返りを打ちて季節は春となり白き乳房を見せる木蓮

糸さま糸さま

くけ台が博物館に展示され遠くなりゆく祖母の横顔

タッパーを「曲げ物《もん》」と言いし祖母あやは明治三十四年の生まれ

紬着し祖母が立つよう　裏庭の石蕗が言う「どうしゃあた」と言う

絡みたる糸ほぐすとき聞こえくる祖母のアルトの「糸さま糸さま」

梅、花梨、杏

竹串にヘタを取るなり「金串は梅が嫌う」と祖母の声して

青梅と氷砂糖をかさね入れ砂糖の角を肌《はだえ》に感ず

とくとくとホワイトリカーを満たしゆくびんに小さき無数の地球

溶けきらぬ氷砂糖とともに酔い浮かぶ一生《ひとよ》も悪くないかも

焼酎の海から外を眺めれば覗いて揺するおばさんがいる

カボチャより硬き実をもつ花梨なりぱききと切ればほほほ苦き香

朝なさな花梨のびんを揺するときひたひた波が我が内に寄す

梅、花梨、杏を漬けた瓶ならびまだたましいの瓶がたりない

真夜中のジャム

一パック二百円なり小粒なりジャムにせよとの苺の声す

つぶさずに苺煮つめる春の午後つぶつぶ綴る友へのメール

とろとろと小《ち》さき心臓煮るごとく鍋のいちごは従順になる

ジャムを煮るのは真夜中と決めている　くつくつ闇に溶けだすわたし

ぽってりと雨

数百の茅《ちがや》の白き指がさすなかぞらに誰かいるらし夕べ

亡き父と伯父の盃かたむきてぽってりと雨　藍のそらより

『沙石集』を無住法師が著した長母寺《ちょうぼじ》・治承三年創建

本堂に四季はめぐらず足袋冷ゆる法事の記憶四角く置かる

ああ甥と姉と話していたんだね父の墓にはワンカップと百合

潔癖症たりし父なり墓石をトイレブラシでワシワシこする

スポーツマンたりし父なり嬉々として颯《さ》と駆りて来ん胡瓜の馬を

亡き父のしばしの休息かも知れぬ庭のとかげの青き背の照り

父うたう「秋刀魚の歌」はもう聞けず秋刀魚の苦き秋は暮れゆく

すっくりと立つ曼珠沙華この世から一尺浮いてあの世が燃える

十月のクラリネット

我に似ぬ子のいとおしさ我に似る子のいとわしさ我が裡に棲む

十月のクラリネットはビロードの臙脂の音いろ校舎にひろぐ

形なきものが形をもつときに生《あ》るる優しさ初雪が降る

ぎんとあお抱えて降りてくる雪をコートの裾にやすませておく

止みてまたこぼれくる雪口重き父が空からつぶやくように

降りくるは楽しからんか積もれるは寂しからんかみずいろの雪

ISIS 二首

ISIS《アイシス》は欧米の引きし国境をこぼれしミルクのごとく越えゆく

「イマジン」をいかに聞きけんイギリスに育ちしISIS《アイシス》ジハーディ・ジョン

禅智内供の鼻

木蓮のつぼみふくらみ青空に禅智内供の鼻のつめたさ

パフポフと木香薔薇《もっこうばら》が語り合う光合成に音のある春

恐竜のしっぽのような棕櫚の木の揺れる窓辺は白亜紀の空

恐竜の卵のごときつぼみ抱き棕櫚はゆたりと五月をすごす

魚《うお》呑みて首長竜は振り返るぼちぼち腹に着くころかしら

春雨が背びれを伝うそのむかしステゴザウルスだった私の

まなこ閉じ角曲がるとき思い出す恐竜の尾の揺れる体感

厚きつばさをしまえば薄き胸となり鷺は田の面《も》に長き脚挿す

「蛇」の字を思いつつ見る淡き虹　九条するするほどかれてゆく

空は深まる

あじさいの一雨ごとに褪めてゆく藍色ためて空は深まる

紫の葉脈這わせ茄子の枝《え》はしんじつの実を太らせてゆく

雨粒の出会いて落ちる窓硝子　流れ星より寂しきひかり

鍵穴にわずか抵抗感じつつさし直すとき刺客のこころ

雲厚き台風前の夕焼けに黒き鉄塔冷えてゆく街

我がつむり

眼鏡入ればこんと閉じて鹿の目の君はわたしをなつかしく見る

電柱は枝を持たない寂しさに引き合いてなお真っ直ぐに立つ

朱肉には肉の字ありてスポンジ状疑似血液を机にしまう

ここでタクシー拾った人を待っている革の手袋街路樹に掛く

はちみつでトーストに描く黄金《きん》の輪の金曜君の帰り来る朝

キッチンで新聞読みいる我がつむり通りすがりに撫でる人あり

歴代の洗濯機

洗濯機初代の任はおむつ洗い二代目おもに部活のジャージ

山田家の洗濯最盛期を支えしずかに去りぬ二代目洗濯機

「愛妻号」「白い約束」洗濯機の名は遷りついに「BEAT WASH《ビート ウオッシュ》」

名にし負う「BEAT WASH《ビート ウオッシュ》」セーラーの白を白くす　新洗濯機

ヴームヴームと考えるような音たててゆっくり回る夜の洗濯機

ホセ

竜、竜人、竜之介もいる一年生　来年入ってくるか巳之介

何を出すために開けたるひきだしか十秒止まってそっと戻せり

はじめてのペディキュア娘にしてもらいサンダルの先つんつん軽し

粛々とこなしています若いころ「若い人へ」と回された仕事

スペイン語みたいな「ホセ」は三河弁「串」のことなりアイスのホセよ

天敵の無きわれ　一日六度ほど喉笛さらし目薬をさす

友の訃

友の訃に「快速みえ」にて駆けつけぬハンカチ握って数珠を忘れて

「ひろちゃん」と何年ぶりに呼んだだろう何で棺に寝てるのひろちゃん

新しいマンドラをおき子をおきて白衣を脱いで空に行く友

車椅子降りて棺を抱えいる父上「閉めたらもう会えん」ゆえ

雨女たりし友なり葬の日の師走の空の青さが痛い

月影をさえぎるもののない夜は光に引かれ霜柱たつ

セーターを脱ぐ

肘上げてニョロリとセーター脱ぐ夕べししむらまでも脱ぎそうになる

冷蔵庫ぬっと佇ちおり開かねば明るい胸のうちなど見せず

飛ぶことは案外面倒かもしれぬカラスがトットッ車道を歩く

電化されディーゼル来なくなりし駅架線にとまる鳩がふくらむ

就活

子の下宿フッーにきれいな部屋なれどキッチン磨く母というもの

東京に行った子はもう帰らぬか都庁試験日白つつじ咲く

口数の少なき次女に問われおり地元で教師になりたる理由

就活用スーツすっきり着こなして新芽まぶしき樹のごとき子よ

来春はどこにいるのかじいわりと娘のスーツにアイロンあてる

サドル下げお尻のせればキュウと鳴く娘の置いて行った自転車

子どもってすぐに大きくなっちゃうし生徒はすぐに卒業しちゃうし

「一文笛」

めがね、飴、さいふ、ポーチを椅子に出しようやく鍵が鞄に湧きぬ

頭から入りゆく眠りオフィーリアのごとく濡れ髪枕にひろげ

「えいやっ」と定時に帰る西の空　雲の入り江にまだ青き波

いくつもの今日降りつもりその上に軽き枯葉のごとき今日あり

シャクシャクとレタス食《は》むときこの世には耳と顎しか存在しない

研修の一環なれど米團治「一文笛」に米朝をしのぶ

「会」の字を詠む教員の俳句には「会議」が多く「会う」は少なし

風立ちぬ

梨をむく夫《つま》の手もとに「新高《にいたか》」のざっくり白きからだ現る

氷上にト音記号の跳ねるごと浅田選手がステップきざむ

メロディを巻きつけてまたほどきゆく浅田選手の静けきスピン

身をためてトリプルアクセル踏み切れば炎ひとすじスッと上がりぬ

ゆるみたるショール直せば風立ちぬ晴れた真冬の昼のにおいの

疲れとは液体ならんふくらはぎほどまでちゃぷんちゃぷんとたまる

怒りとは固体なるらし胃の底の四角いものの重み増しくる

アルヴァ・アアルト展

かつて子を連れて通いし美術館今連れられてアアルトを知る

建築と自然の親和を目指したるアルヴァ・アアルトはフィンランドの人

草と木と風のにおいの展示室曲げ木の椅子がやわらかく佇つ

波打てる木々が書物の息吹呼ぶアルヴァ・アアルト設計図書館

トランペットスリーブ

ファゴットの空洞を落ちてゆくようでつかまるところを探していたよ

トランペットスリーブゆれてたよりなき手首に風の入りくる弥生

しおしおと開いてあちこち向いている辛夷にならば本音を言える

ブロッコリー、レタス、隠元　気のふさぐ日の弁当は緑で攻める

紫のアヤメ一叢ぬれぬれと春の底いをやわらかにせり

取扱注意

申し訳なさそうに書記を頼みくる我より十歳若き主任が

取扱注意のおばさんなる我かやけに議事録褒められている

同僚にコンビニスイーツ貢がれて美空ひばりの享年を超ゆ

サワサワと紙繰る音よ青くさき蚕室めいて試験の教室

絹を吐く蚕のようにシャーペンよりベンゼン環のくるくる出で来

眉を描くことなく生きて五十余年心の眉はくきやかにあり

スーツ姿のようなおにぎり

木曜のコンビニおにぎりしんみりと海苔がごはんを抱きいるを買う

パリパリの海苔をフィルムに隔てたるスーツ姿のようなおにぎり

六月の雨は点線　枇杷の実をなでてコトリと色味を増しぬ

わずかなる夜

はじめての睡眠外来ドラセナの葉には流れる黄緑の筋

眠れたら眠れた時間塗りつぶす睡眠日誌の短いまだら

良いねむり悪いねむりが打ち寄せて白いうさぎの跳ねるは良い方

わずかなる夜には夢が入《い》りきらず長きうつつにはみだしてくる

眠れない夜にはあらず眠らない夜は無限に私の味方

舵を絶え渡る小舟のようである午睡の覚めて身を起こすとき

甲子園予選

座り込み他校のチームの泣く横を急いで抜けて球場に入る

試合前ノックの締めはキャッチャーに　球は光に呑まれまた生《あ》る

先制のチャンスの打席一球を見送るごとにベンチ振り向く

球場に青空重くかぶさりて球音クワンとはねかえされる

敵はまた青い炎を燃やす空　フライを捕って倒れるライト

教室で見せぬその顔吽形の仁王のごとくマウンドを踏む

肩で汗ぬぐう投手の背の「1」はマウンドの上一本で立つ

逆転の危機に駆け寄る捕手の手が投手の肩を大きく抱《いだ》く

バッテリーだけの物語のあらん「1」と「2」互いの腕に隠れる

球児らの「あの夏」になるこの今を皆が見つめる高き高きフライ

十八の命

十八の命最期のツイートは「イエーイ！」だった顔文字つきの
棺のなかブルーのシャツで横たわる制服は胸の上にたたまれ

白百合は君の白さと違う白　塑像のごとき面《おもて》に添える

将棋部の仲間が棺をかつぎゆくどこに漕ぎ出す舟にもあらず

風の裂け目

教室の窓よりうろこ雲ながめふりむけばしばし暗む生徒ら

名ばかりの会議のつづく夕ぐれにじわりじわりと雲がふくらむ

反論は酒席で為され蓮根の天ぷらの穴の向こうが遠い

日曜の職員室に響きくる体育館のドリブルの音

今までに出会った生徒の数ほどのハルジオン咲く道べ明るし

どこまでここか

うつむきて色濃く咲ける紫陽花のみつみつみつと懊悩深し

水色のシーツ伸ばしてすがすがと梅雨のしっぽにつかまり眠る

花びらのあいの風さえ花弁としアガパンサスは青さを増しぬ

くもり空刺して真白き野間灯台ときには風になびきたからん

海風に帽子おさえてうつむけば矢車菊が波の色見す

二の腕にあじさいのごとき打ち身あと　あじさいなればにおいはあらず

女生徒がふたり笑えば雲よりもはるかに白い夏のセーラー

ニュッと咲く高砂百合の夏の庭どこまでここかいつまでいまか

風の裂け目より湧き来し蜻蛉《せいれい》のまた縫い込まれ神無月なり

ひかりの窓

寂しさのこごるにおいよ陽のなかに金木犀の小花ちりゆく

思い出の扉のようなにおいする金木犀にはご用心あれ

髪のことしか話さない美容師の足もとに我が饒舌な髪

夜を行くひかりの窓の三輛のあれは来世へ　私を置いて

「えりちゃん」と二階から降る声やさし実家《さと》の庭先きんかんひかる

寝つかれぬ夜はまなこが耳の奥深きへ沈む　潮騒ひびく

亡き人が開いて閉じてまんじゅしゃげこの世が恋しい白まんじゅしゃげ

女生徒のうなじに触れた秋の陽が胸ポケットの校章に跳ぶ

ウィンドウにからし色の靴かざられて秋は底からひかりはじめる

受験生の母

もくもくと樹のかたちなるブロッコリー子の弁当にまいにち植える

わが腕《かいな》ときにスースーするからに勉強する子の邪魔をしにゆく

受験生の母は三度目柿ピーを食べつつ横で歌集読みおり

「lie」「lay」の活用表の端っこがはがれかけたりトイレのドアの

数学を解き終えた子がのびをする雨粒の間のまいまいのごと

お風呂ヨシ味噌おでんヨシ笑顔ヨシ入試を終えた子の待つ駅へ

赤味噌にざらめを入れて照りを出すおでんでんでんでん威張ってもよし

絮

臆病なわれの冒険　夢を追う人を選んで春るるるるる

ウィッシュボーン・アッシュ聴く君左手はハンドル離して宙を弾きだす

梁をよけかがんで階段のぼる背のその傾きがしばしいとおし

私にも架の数ほど子のあらば遠くへ遠くへ飛ばすだろうか

いればいたで面倒なれど帰り来ぬ子らよ卯の花白くこぼれる

娘の仕事

東京の空気を詰めて所在なく積まれたままの段ボールたち

迷いつつ帰郷を決めた子の荷物ひりひりびーっとテープを剝がす

ネイビーのスーツ吊るして眠る子に明日より始まる硬質の時

持ち重りするバッジなりImmigration officerとしてようそろ娘よ

「守秘義務があるからねえ」と口ごもる　謎ばかりなる娘の仕事

「韓国人ですか？」《ハングップニセヨ》と訊かれ「いいえ」《アニヨ》とぞ答える娘眉も上げずに

桜紅葉

まだ何か待っているのかひかりつつ桜紅葉はしずかに揺れる

塩からいおやつを買って出勤す　土曜の午後の入試演習

新しいバターの銀紙むくように進路を変える理由を訊けり

濾過されるように葉擦れの音のみがくぐりくるなり図書館の窓

フラワーデモ

栄駅十番出口を昇りゆくフラワーデモは五時にはじまる

性犯罪不当判決許すまじシュプレヒコールは花に託して

沈黙は賛同なれば我も立ちプラカード持つ　叫びはしない

ランタンで区切られているデモ会場右は撮影不可なるエリア

フェルト地のような記憶のひだを分け父の暴力訴えるひと

デモを終え暮れた空から地下に行く黄泉の国より黄色くひかる

半眼になる信号機

キーボード打ちつつ背《せな》で聞く映画　ひづめの音に砂の混じれる

背をそらし缶チューハイを飲むときにまなこは頭のてっぺんにある

雪を受け半眼になる信号機うっすらあおく世を見下ろせり

除夜の鐘ひびかぬ闇夜オリオンがこりんと氷の音を立てたり

選ばなかった一生

愛車ノア十三年をともにして小雨降る今朝別れゆくなり

買い替えを察知したのかギギギギときしんだドアがするりと開く

母と我二人の旅はかつてなく夜勤明けなる次女を誘いぬ

浜名湖の西の水面は光りいて白き道あり陽に続く道

「お母さん」と母に呼ばれぬ「お母さん」と母を呼べなくなった私が

おとといとあさってほどの遠さかな夫《つま》と並んで「いだてん」見つつ

カーステのチャイコフスキーにかぶせ来る蛙ヱヱヱヱ我もヱヱヱ

木の椅子にコーヒーカップ座らせて選ばなかった一生《ひとよ》を思う

入口に吸い込まれゆく人々にたぶん出口はあるのだろうな

たましいは後ろをからだは前を向く我が二の腕を深く抱けば

月台

骨格のマッコウクジラの下をゆく顎のあたりで肩が触れたり

魚《うお》たちは身に波を秘め縞柄に寄せては返す太古の記憶

六限にのそりと開く弁当のゴムパッキンにつぶれたオクラ

マンデラの二十七年思うとき木槿《むくげ》の芯の赤ふかみゆく

「月台」はプラットホーム地下鉄が銀の鱗粉こぼしつつ行く

「月台」を発ちゆく電車のひとつには「静かの海」と表示のあらん

人生は初めてでない気がしつつ　二個のりんごを五人に分けて

合格の報告に来た教え子とエアで握手す　コロナ恨めし

「真珠婚」というをググって知りました春の平日夫《つま》は赴任地

三十年我を名で呼ぶ夫の声　白木蓮《はくれん》ゆらりゆうらりと聞く

コロナの春

授業せぬふた月が過ぎテーブルのラッパスイセン「はい」とわれに向く

宅配にドアを開ければ巣づくりの燕飛び立つ　コロナの家居

お煮しめに散らす絹さやまっしろな春の空にも散らしたくなる

生きてゆく力は太ももから湧きぬ葉桜の下自転車漕げば

自転車を押しつつのぼる坂道のひとあしごとにもの言う夕陽

いつか見た夢の続きかこの春は歩いて歩いてまた崖に出る

海岸をバックにZoomで講義する夫のうしろでブラウスを干す

ミシン踏む足袋の白さの浮かびくる祖母あらば百二十歳の春

「昭和だねえ」と子に言われつつブラウスをほどいて縫いしマスクと腕貫き

タカタカと踏んで走らせたきものを足裏うずく電動ミシン

ジャケットを整えるごと羽ふるい今し出勤するらしカラス

マスクして声のくぐもる教室の外にカラスが母音ひびかす

子の異動

成田への異動内示の出たという子の荷に入れる貴重なマスク

三日月が引っかかっている宵の空　風が吹いても落としなさるな

子の部屋にだんだんだんだんと段ボール積み上げられて子は隠れゆく

赴任地へ送る荷物にテープ貼りビーッビーッと子は離れゆく

もう二度と五人で暮らす日のなきを誰も語らず家族五人の

頬骨のあたりに喫水線ありてそっと笑えばそのたび揺れる

子の旅路一駅過ぎて車窓には点景となる我の姿か

ああそうか切り身五切れを買ってから家族四人になったと気付く

思うほど長くはなくて「家族」とはすでに写真の中の輝き

食卓の短辺にいた末の子が長辺に座す　家族が減って

昭和の女

ここちよき梅雨の晴れ間のくすのきに風の手綱をさばく手の見ゆ

「ほぼほぼ」という語脳《なずき》は拒めどもほぼほぼ馴染みほぼ定着す

冬瓜を透き通らせてにんまりと我はまだまだ昭和の女

はるかなる未来を旅し盤上にスッと戻りぬ藤井棋聖は

アクリル板隔てて話す面談に「刑務所みたい」と笑う生徒ら

封書用切手の値段を尋ねくる同僚に訊くパソコン操作

母よ

暗闇の黄色い球は月ならず母の目玉を医師と見つめる

毛染め、ヨガ、コーヒーやめて備えいる母よ手術は一カ月先です

三センチ背の縮みたる母なれどいまだ我より速し千切り

母は二人我は三人《みたり》の子を産みてこんなことしか勝てぬと思う

どの角を曲がっても無し兄とわれとめんこを買いし一文菓子屋

あのころは妹だった自転車の荷台に乗ってバルサを買いに

過ぎて行くばかりの風よ結びたる髪をほどけば肩にたまれり

「道具屋」

ニョッポリと渡り廊下に影が湧きバスケ部員がボールを運ぶ

限界はきしみに油をさせぬこと人間というハードウェアの

自粛下の朝の渋滞少なくて枝雀の「道具屋」終わらずに着く

オレンジをレンガ色とぞ言い換えぬ　五十を越えて纏う我がため

「豈《あ》に〜ずや」は詠嘆なりと教えしが次の日入試に出さる　ふふふん

番号が飛び飛び飛んで着地せり心拍も飛ぶ合格発表

忘れたいことを消します三月は辛夷の花が空をこすって

不精髭のびた夫にもたれつつ「世界ふれあい街歩き」見る

我が非力愛でるごとくに助手席の夫が下ろすサイドブレーキ

クリアファイル

あぜ道に白い軽トラ　水張田《みはりだ》の白鷺五羽を運びしごとく

二十年前の娘を抱きしめて目覚めぬ心弱りたる今朝

なにもかもクリアファイルに挟み置き右へ右へと解決は延ぶ

年を経てすきまの多くなるからだ青きつばめがツイツイとゆく

この中にひとつ銀河のあるようで畏れつつむく半熟たまご

捨てるほど「女」を持っておらぬ我ペディキュアの爪ざくざくと切る

この未来あの未来もう選べぬがこの過去あの過去澄まして佇てり

絶滅危惧種

いさかいの後にかつぶし踊らせて絶滅危惧種のきしめんすする

大阪のおばちゃんみたいになりたくてまずゼブラ柄目標ヒョウ柄

店員に「蠅帳《はいちょう》」通じずググりたり「フードカバー」ならあります百均

「迫る騎士鹿丸《せ・○・き・し・しか・○》」過去の助動詞「き」前夜に描いた絵を貼りながら

「黙食」は学校用語となりにけりつまらない子とほっとする子と

米軍アフガニスタン撤退　二首

カブールのあおぞら刺して白旗にのたうつようなアラビアの文字

しがみつく人を空よりこぼしつつ上昇しゆく米空軍機

コキアの赤

学祭のテントをくぐるとんぼなく風のカーテン閉じられし秋

もう風に芯が出てきてまだらなるコキアの赤をつきぬけてゆく

「か・い・だ・ん」とひらがなで書く心地せり駆け上がっても生徒に抜かれ

このごろはみんな小ぶりになったよう雀も秋刀魚も生徒の質問も

紅き葉を落とし落としてもう叫ぶことなくなりし木々が立ちおり

よっぴいてひょうと鏑矢《かぶらや》放つとき我もヒョーッと敵陣に飛ぶ

米朝の「ふたなり」聴いて予習する二年ぶりなる落語を控え

市松の空席なれど満席の笑いのひびく「猫の災難」

教員ガチャ

黒板の桟を幾度も拭いいる生徒から聞く教員ガチャを

手のひらに湿る受話器はクレームを流しつづけて秋刀魚の重さ

「引く」よりも「呼ぶ」と言わんか電子辞書をタップすなわちあらわれる意味

「まだ本気出してないし」と嘯ける小さな李徴が四十二人

学校に閉ざされて我が一生《ひとよ》あり寒天質のごとき夕ぐれ

スーパーの軍艦マーチにせかされて戦利品のごとかごを満たせり

時をこごらす

さやぐ葉の呼べる光を遮りて竹は節《よ》ごとに時をこごらす

龍の背のごとくのたうつ根を見せて竹・竹・竹の真っ直ぐに立つ

ほの暗き竹林に淡く日の射せば冬なお青き垂線の群

共通テスト東大前刺傷事件　二首

八時間バスに籠められ夜をゆく少年の裡に刃物のひかり

コロナ禍に結びつけられ少年の孤独は孤独になりきれずあり

おひとりさまひとつ限り

チャイム前一分早く教室に向かう去年《こぞ》より一年老いて

皺みてもせんなく磨くおひとりさまひとつ限りの自分であれば

だまし騙し開け閉めしていたファスナーが騙されなくて財布を出せぬ

事務椅子の上に正座をしたくなる作ったテストが難しすぎて

まあるいエコー

エコーにはマトリョーシカは映らぬが技師とみつめるまあるいものを

かつて胎児の動きいし画面には子宮筋腫のまあるいエコー

マシュマロのごとき筋腫をしまいおり　しんと眠れる私の子宮

「開け口」のような三日月爪立ててめくれば異界のひかりあふれん

胸ぐらをつかんだことはないのだが摑みやすいな、あの服は、と見る

娘の結婚

青空が白木蓮の卵抱き離れ住む子の婚の日来たる

「十八年」私のそばにいた娘「たった」と付けたり外してみたり

マーメイドドレスの裾を長く引く白き光が扉にあふる

新郎は新婦の角煮が好きと言う　母の知らない娘の角煮

すずやかに戸籍を抜けてもういない私の髪をいじって寝る子

時間のおもり

引き出したアルミホイルを戻すごと訂正をせり昨日の授業

電線がほどよく垂れて夕飯を一品もので済ますもよろし

一輛の空気に抱かれまどろめば膝のかばんは時間のおもり

もう濡れたような顔なり上弦の月は明日の雨をまといて

中庭の藤棚あたり　そうここの春がいちばん糖度が高い

膝を抱く小さい人が玄関のくたりと座るかばんのなかに

抽斗

開けなくて良い抽斗は開けませんここから先は生徒と教師

鍵束を腰で鳴らして廊下ゆく用務員さん薄暮ににじむ

「し」のいたみ抱える文庫「し」の型の栞の痕をつけたままにて

叱られてしゅんと垂らせる尾はあらずいずれ娘に叱られる我

百年の時間を吸って校門の楠は直喩のごとく立ちたり

顔だけを我に向けたる蟷螂はひとすじ緑をのこす土色

千人の生徒のスマホ集まりて校舎は小暗き都市鉱山たり

義仲は「キソ」体力で勝ったとう我が解説にまばらな拍手

ビークル

行き合えば相手の下にもぐりゆく鯉の浮き世はぶつかりあわず

降り出した雨につられて空を見る空というには近すぎる空

パソコンのＯＮ・ＯＦＦがタイムカードにてまたも退勤間際の出勤

豌豆の筋をとりつつ親指のささくれとれば我もえんどう

我がからだビークルとして選ばれて来世までこの誰かを運ぶ

あとがき

本書は私の第一歌集です。「コスモス」に入会した二〇一〇年から二〇二二年春までの約十二年間の作品の中から、四六四首を収めました。発表時は歴史的仮名遣いでしたが、「今」を生きる高校生を活き活きと表現したいという思いから、現代仮名遣いに改めて収録しています。

三人の娘を育てながら高校教師として勤め続ける日々は、怒濤のように流れていきました。自分が母であり教師であることはアイデンティティの核をなすものでしたが、忙しさのなかに「自分」を置き忘れてきたようで、何かを表現したい、流れていく中に形を残したいという気持ちから歌を詠み始めました。

短歌に出会うのが遅かった私は、みずみずしい青春や恋、幼い子供たちの可愛らしい様子を詠むことはできませんでした。それはとても残念なことですが、それでも短歌に出会えたことはとても幸いなことだと、しみじみ思います。遅かったけれど、遅すぎたわけではありません。

表題『秋の助動詞』は、「すぎゆきを振り返らせるもみじ葉は過去推量の秋の助動詞」という作品から採ったものです。時は飛ぶように過ぎて娘たちは社会人になり、私は定年まであと数年となりました。歳を取るほど、思い出は増えていきます。過去を振り返ることが増えるにつけて、自分に短歌があることが、心もとない人生をいかに支えてくれたかを感じています。

歌集出版にあたり、多くの方に御礼を申し上げます。

選歌をお願いした小島ゆかり様。温かい励ましのお言葉とご助言を賜りましたことに、心より感謝申し上げます。

すばらしい栞文を寄せて下さった梶原さい子様、大松達知様。お忙しい中快くお引き受け下さり、望外の喜びです。厚く御礼申し上げます。

新聞歌壇に投稿するだけで満足していた私を「コスモス」にお導きくださり、その後も何かにつけてお世話になり続けている鈴木竹志様。本当にありがとうございます。

細かいお心配りを頂いた六花書林の宇田川寛之様、ご指導くださるコスモス短歌会の諸先輩方、愛知支部、同人誌「COCOON」のみなさま、そして本書を手に取ってくださいましたすべての方々に御礼を申し上げます。

終わりに、私事ではありますが、私が短歌を詠むことに理解と協力を続けてくれた夫、山田健三に感謝を申し添えます。

二〇二三年春

山田恵里

著者略歴

山田恵里（やまだえり）

1965年生まれ
1988年　名古屋大学文学部卒業
2010年　「コスモス短歌会」入会
　　　　中日歌壇　年間最優秀賞受賞
2013年　第50回桐の花賞受賞
2016年　結社内同人誌「COCOON」に参加

秋の助動詞

コスモス叢書第1222篇

2023年6月24日 初版発行

著　者――山 田 恵 里

発行者――宇田川寛之

発行所――六花書林
〒170-0005
東京都豊島区南大塚3-24-10 マリノホームズ1A
電 話 03-5949-6307
FAX 03-6912-7595

発売――開発社
〒103-0023
東京都中央区日本橋本町1-4-9 フォーラム日本橋8階
電 話 03-5205-0211
FAX 03-5205-2516

印刷――相良整版印刷

製本――仲佐製本

定価はカバーに表示してあります
ISBN978-4-910181-50-9 C0092